S'orciers

en péril !

Un texte d'Annie Pietri
Illustré par Jean-Emmanuel Vermot-Desroches

Tu es Luna, une jeune apprentie sorcière. Tu appartiens à un autre monde : la galaxie sorcière de Béatha, qui compte environ dix planètes, toutes habitées exclusivement par des sorciers.

Celle où tu vis se nomme Alibani. Triste planète ! Les sorciers qui la peuplent ne connaissent pas le rire, ni même le sourire... On peut deviner leurs émotions en notant les changements qui s'opèrent sur eux et autour d'eux.

Depuis quelques jours, un vent de folie souffle sur le palais où vit le grand chef sorcier, Maître Agôgos. Dans son grand bureau, surnommé le Bocal, les assemblées de sorciers dirigeants se succèdent. Bien sûr, pauvre Luna, en tant que sorcière débutante, tu n'y es pas admise, et tu t'inquiètes... Pour l'instant, aucune information n'a filtré, et tu brûles de curiosité. Que se passe-t-il ?

Tourne la page, et tu seras aspirée dans une grande aventure où l'espace et le temps sont étroitement liés...

À chaque page, tu auras une énigme à résoudre. Tu ne pourras passer à la page suivante qu'après avoir trouvé la solution. Mais rassure-toi, les solutions sont indiquées à la fin !

Bonne chance, Luna !

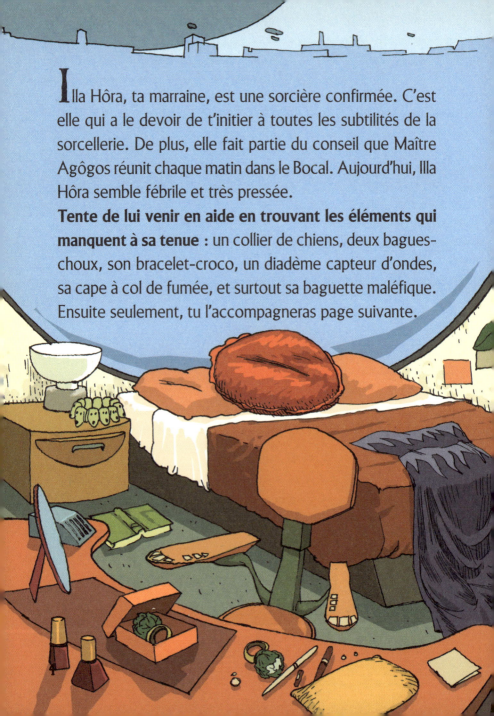

Illa Hôra, ta marraine, est une sorcière confirmée. C'est elle qui a le devoir de t'initier à toutes les subtilités de la sorcellerie. De plus, elle fait partie du conseil que Maître Agôgos réunit chaque matin dans le Bocal. Aujourd'hui, Illa Hôra semble fébrile et très pressée.

Tente de lui venir en aide en trouvant les éléments qui manquent à sa tenue : un collier de chiens, deux bagues-choux, son bracelet-croco, un diadème capteur d'ondes, sa cape à col de fumée, et surtout sa baguette maléfique. Ensuite seulement, tu l'accompagneras page suivante.

Tu as attendu Illa Hôra un long moment. Enfin, elle sort du bureau de Maître Agôgos. Elle est très contente. Mais ce n'est pas à son visage que tu peux le voir car, bien entendu, elle ne sourit jamais ! **Regarde-la bien et note les changements dans sa tenue, ce sont les indices visibles de sa joie.** Si tu les trouves, elle te confiera peut-être ce qui s'est dit au cours de la réunion.

Vous voici maintenant de retour dans la chambre d'Illa Hôra.

— Le grand Agôgos m'envoie en mission sur la planète Singulus, où un important congrès doit se tenir, t'annonce ta marraine. Des sorciers de toutes les planètes de Béatha seront présents. Notre but est de prendre les mesures qui s'imposent contre notre ennemie commune : la planète Trêtraille et ses sorciers rebelles, des voyous de l'espace qui sèment la terreur dans toute la galaxie. Luna, prépare ton sac à malices de voyage, j'ai l'autorisation de t'emmener avec moi !

Tu es folle de joie ! Afin de le montrer à Illa Hôra, et aussi pour qu'elle soit fière de l'enseignement qu'elle te donne en matière de sorcellerie, **trouve un objet particulièrement laid que tu as souvent vu dans cette pièce et que tu pourrais transformer en un beau bibelot.**

Allez, Luna ! Un petit effort ! Et dépêche-toi, le départ est imminent !

9

Sur le pas de tir, à côté de Célest'apple, le vaisseau spatial, Agôgos, Illa Hôra et Phémi, le commandant de bord, sont inquiets ! La petite fumée verte qui s'échappe de la feuille indique un problème sérieux. Rotator, le mécanicien, a établi un diagnostic. En bredouillant, il tend une fiche technique à Agôgos :

– Ah ! ça… Les… euh… là et là-bas… euh… ben, peut pas marcher !

Illa Hôra et Phémi s'approchent alors de maître Agôgos. Hélas ! l'écriture du mécano est aussi complexe que son langage…

Sauras-tu les aider ? Trouve les neuf mots cachés et mets-les dans l'ordre pour former une phrase.

Un autre personnage t'intrigue. C'est Crudus. Les sorciers d'Alibani l'appellent « l'homme aux trois casquettes ». Il fait partie du voyage. **En fonction de la forme de ses chapeaux, saurais-tu dire quelles sont ses trois fonctions dans l'équipage ?**

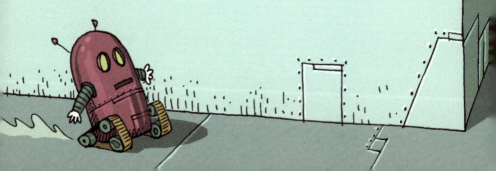

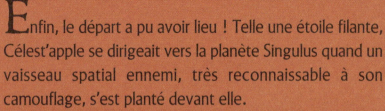

Enfin, le départ a pu avoir lieu ! Telle une étoile filante, Célest'apple se dirigeait vers la planète Singulus quand un vaisseau spatial ennemi, très reconnaissable à son camouflage, s'est planté devant elle.

– Les sorciers rebelles de Trêtraille ! s'exclame Illa Hôra en marquant sa colère par quelques transformations. **Les vois-tu, Luna ?**

– Ce sont les hommes de Fujih Akanonsié, grogne Crudus. Les pires individus de toute la galaxie. Ils sont armés jusqu'aux dents. Nous n'en viendrons pas à bout ! Notre seule chance de survie est la fuite... s'ils nous en laissent le temps ! Regardez ! Tous leurs canons sont braqués sur Célest'apple !

Trouve les armes pointées sur vous. Combien y en a-t-il ? Avant de se sauver à la page suivante, il faut essayer tous les sortilèges pour tenter de les neutraliser !

Bravo ! Les douze canons visibles ont été neutralisés ! Hélas, aucun de vous ne pouvait voir ceux placés dans les yeux de Fujih Akanonsié. Il lui a suffi de regarder la pauvre Célest'apple pour causer d'énormes dégâts. La Pomme est maintenant en perdition. Il ne reste plus que le grand savoir-faire de Phémi et de Crudus pour vous tirer de ce mauvais pas !

De plus, avec tous ces trous dans la carlingue, l'oxygène s'échappe de la cabine. Vite, Luna ! Accepte une pastille de concentré de forces vives et magiques que t'offre Crudus, et **trouve un moyen ingénieux de boucher les trous.** Ensuite, tu iras t'asseoir à côté d'Illa Hôra à la page suivante. Elle semble avoir besoin de réconfort.

– C'est une catastrophe, se lamente Illa Hôra. Nous devons nous poser sur la planète la plus proche, c'est-à-dire la Terre ! La Terre ne fait pas partie de votre galaxie et tu es horrifiée à l'idée que vos pouvoirs magiques puissent disparaître !

– Cela pourrait bien arriver, en effet, te répond ta marraine qui a lu dans tes pensées. Heureusement, comme avant chaque départ, Agôgos nous a donné un mot magique, une sorte de clef pour retrouver nos pouvoirs en cas d'accident. Ce mot est « Fao ». Tâche de t'en souvenir, Luna, car nous n'avons pas le choix. C'est la Terre, ou bien errer dans l'espace, jusqu'à l'infini.

– Heureusement, nous aurons assez de provisions pour aller jusqu'à la Terre ! intervient alors Crudus. J'ai caché des réserves dans Célest'apple…

Les vois-tu, Luna ?

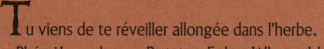

Tu viens de te réveiller allongée dans l'herbe.

– Phémi! ronchonne Rotator. Euh... Whaou ! L'atterris-saaaaaage !

– Je sais ! se fâche le commandant de bord. C'était plutôt brutal ! Crudus et moi avons fait ce que nous pouvions! Tous les regards se tournent alors vers Célest'apple. La pauvre est toute cabossée. Pourtant, elle trouve encore la force d'afficher ses consignes sur un ruban de papier sortant du tableau de bord. La fonction « voyelles» n'étant plus opérationnelle, **à toi de compléter si tu veux comprendre le message. Tu trouveras des indices sur l'écran de l'ordinateur de bord.**

Pendant ce temps, des terriens, alertés par cette arrivée fracassante, se sont approchés. Tu les as aperçus... Pars à leur recherche page suivante.

Terrifiés par le spectacle, les terriens se sont tous enfuis ! Heureusement, en fouillant dans ton sac à malices de voyage, tu as retrouvé ta boussole à capteurs thermiques. Grâce à elle, tu as pu les suivre dans les sous-bois...

Tu es tout étonnée en découvrant leur campement.

Ton instinct te permet d'affirmer que ces terriens ne sont pas des sorciers ! D'ailleurs, il suffit de voir les outils dont ils se servent pour découper la viande... de simples pierres taillées !

Tu te dis que ce serait tout de même plus pratique avec un rayon laser !...

Avant de retourner vers la clairière où Célest'apple est tombée, **trouve les pierres taillées dispersées çà et là. Il y en a huit.** Emporte celle qui se trouve à ta portée, tu la montreras à Illa Hôra et à l'équipage.

Illa Hôra est soucieuse ; la preuve, ses cheveux ont changé de couleur. De quelle couleur étaient-ils auparavant ? T'en souviens-tu ? Attention, Luna, ne triche pas...

– Personne ne se rappelle du mot clef qu'Agôgos nous a donné avant le départ, déclare Illa Hôra. Grâce à lui, nous aurions pu retrouver nos pouvoirs magiques perdus.

Elle pianote sur son ordinateur de poche.

– J'aurais dû prendre des renseignements sur la Terre avant de quitter Alibani ! marmonne-t-elle. De là où nous sommes, je ne suis pas sûre de pouvoir me connecter à la Banque Centrale du Savoir Universel.

Enfin, elle parvient à établir une liaison avec la BCSU d'Alibani, et **voici les réponses aux questions d'Illa Hôra qui s'affichent sur l'écran.**

Déchiffre-les !

Horreur ! La transmission a été brouillée, et le modem est endommagé. Illa Hôra ne pourra plus consulter la BCSU, qui était la seule à détenir le mot clef !

– Avant toute chose, déclare Phémi, nous devons connaître le diagnostic de Rotator à propos de Célest'apple. Ensuite, nous déciderons.

L'équipage se penche sur la feuille rédigée par le mécanicien.

– Rotator ! explose Illa Hôra, pour une fois tu pourrais faire un effort ! Avec tes fantaisies d'écriture, tu vas encore nous obliger à décrypter un message ! Nous n'avons pourtant pas de temps à perdre !

Tu proposes à ta marraine de déchiffrer le message codé.

– Merci, soupire Illa Hôra. Dès que tu auras fini, nous irons voir les terriens.

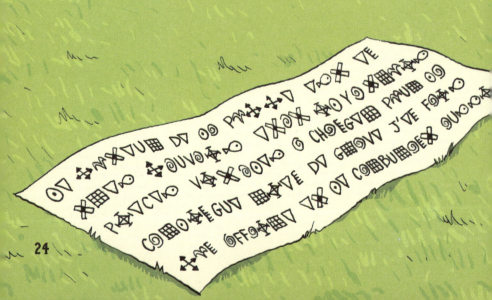

25

Illa Hôra vient de découvrir le campement des terriens.
– En effet…, murmure-t-elle, l'air dépité.
Les habitants se sont rassemblés derrière celui qui semble
être leur chef.
À quelques mètres de lui, vous vous arrêtez tous. L'homme
pousse un grognement, puis vous gratifie d'un long discours
dans sa langue.

Tu fais appel à ta fonction « exotisme et langage ». Malgré l'accident, elle est intacte, et ce que l'homme vient de dire t'apparaît clairement :

— Soyez les bienvenus, étrangers, mais... Que fait cette femme ? Dites-lui d'arrêter immédiatement !

Il parle d'Illa Hôra, et il a l'air furieux !

Mais ce sont les terriens qui retiennent ton attention. Sur leur visage se produit une chose qui t'est inconnue, et qui pourtant te séduit. Illa Hôra ne t'en a jamais parlé... **Qu'est-ce que c'est ?**

On dirait qu'Illa Hôra a perdu la tête ! Elle a fait sortir des huttes les femmes et les enfants et, d'un simple regard, elle les a complètement habillés à la mode d'Alibani.

– J'ai voulu tester ma fonction « froufrou et bijou », voilà tout ! explique-t-elle. Elle est parfaitement opérationnelle ! Luna, il est grand temps de ramener ta marraine à la clairière où vous attend Célest'apple ! Avant de partir, regarde autour de toi, et tu verras qu'il valait mieux arrêter Illa Hôra dans son élan. Si on l'avait laissée faire, elle aurait relooké tous les terriens présents ! D'ailleurs, **sur certains d'entre eux, de petits changements sont déjà visibles. Lesquels ?**

– Excusez-moi, déclare Illa Hôra. Je crois que j'ai un peu perdu la raison.

– Ce n'est rien ! répond Phémi. Il y a plus important : trois pièces sont à changer dans le moteur de Célest'apple, sans parler du carburant. Les terriens en sont encore au stade de la préhistoire, et ne peuvent pas nous aider. L'un d'entre vous a-t-il une idée ?

Tu affirmes qu'**il faut retrouver le mot clef d'Agôgos et utiliser la magie.**

– Ma parole, Luna, tu as oublié que nous avons perdu presque tous nos pouvoirs ! s'énerve Crudus.

Soudain tu pousses un cri : la mémoire vient de te revenir ! Tu as retrouvé le mot clef ! Mais tu ne le donneras pas à tes amis. Tu leur montres seulement un indice qui pourra les mettre sur la voie.

C'est alors que Célest'apple se met à répéter :

– Sans haine, sans haine, sans haine, sans haine...

Serait-ce un indice supplémentaire ?

Bravo, Luna ! Les membres de l'équipage ont trouvé le mot clef. Il est maintenant dans tous les esprits ! Mais vous n'avez pas le temps de l'utiliser, car les terriens sont venus vous rendre une petite visite...

Ta fonction « exotisme et langage » se met en marche.

— Vous mangerez bien un morceau de bison ! propose leur chef.

L'idée te plaît beaucoup. Tu leur annonces que tu vas faire du feu.

— Comment ça, FAIRE du feu ? demande le terrien. On ne peut pas FAIRE du feu... On le prend dans la forêt quand la foudre est tombée. C'est tout !

Tu décides alors de montrer aux terriens comment allumer un feu. D'ordinaire, tu as recours à ta baguette maléfique, mais sur Terre elle est sans effet. Utilise des moyens plus classiques. **Regarde autour de toi et récupère tout ce qui te paraît nécessaire.** La Pomme semble pouvoir t'aider...

Bien sûr, faire apparaître trois tonnes d'allumettes pour les laisser aux terriens ne servirait à rien ! Il faut leur apprendre à faire du feu avec les moyens dont ils disposent. **Trouve-les, en éliminant les objets insolites qui vont par paires et que Crudus a disposés çà et là** dans le but d'aider les hommes préhistoriques à cuisiner.

Pour montrer qu'ils sont contents, les terriens te sourient. En retour, ils attendent la même chose de toi... Mais tu en es incapable. Une vieille femme s'aperçoit de ton désarroi. Elle te fait signe de la suivre dans sa hutte pour échanger une « leçon de feu » contre une « leçon de sourire ».

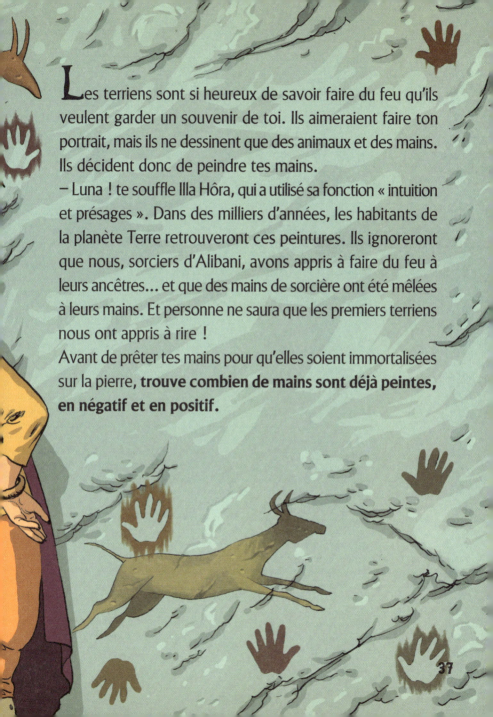

Les terriens sont si heureux de savoir faire du feu qu'ils veulent garder un souvenir de toi. Ils aimeraient faire ton portrait, mais ils ne dessinent que des animaux et des mains. Ils décident donc de peindre tes mains.

– Luna ! te souffle Illa Hôra, qui a utilisé sa fonction « intuition et présages ». Dans des milliers d'années, les habitants de la planète Terre retrouveront ces peintures. Ils ignoreront que nous, sorciers d'Alibani, avons appris à faire du feu à leurs ancêtres… et que des mains de sorcière ont été mêlées à leurs mains. Et personne ne saura que les premiers terriens nous ont appris à rire !

Avant de prêter tes mains pour qu'elles soient immortalisées sur la pierre, **trouve combien de mains sont déjà peintes, en négatif et en positif.**

Rotator explique au reste de l'équipage son plan pour réparer la Pomme :

– Pas trente-six solutions... euh... métamorphose ! Hop... vous les pièces... euh... et moi le carburant !

– J'ai compris ! s'exclame Illa Hôra. Phémi, Crudus et moi allons nous transformer en pièces de rechange pour le moteur, n'est-ce pas, Rotator ? Ensuite, tu te transformeras en carburant...

– ... Que Luna versera dans les réservoirs, avant de se mettre aux commandes de notre vaisseau spatial, complète Phémi. Je suis d'accord, à condition de lui faire passer un test...

Tu dois trouver la solution à cette charade :

MON PREMIER SE TROUVE DANS L'EAU DE MER,
MON SECOND EST LE POINT CARDINAL OPPOSÉ À L'OUEST,
MON TROISIÈME EST À LA TÊTE DE L'ALPHABET,
MON QUATRIÈME EST LE CONTRAIRE DE BEAUCOUP,
MON CINQUIÈME EST LA DOUZIÈME LETTRE DE L'ALPHABET
PRONONCÉE SANS VOYELLE, NI DEVANT, NI DERRIÈRE,
ROTATOR APPORTE TOUS LES SOINS NÉCESSAIRES
À MON TOUT.

Bravo, Luna ! Tu es digne de prendre les commandes ! Mais Phémi avait raison : Célest'apple n'est pas à une blague près ! La Pomme ne consentira à filer vers Alibani que si **tu trouves la réponse à la suite logique qu'elle affiche sur l'écran de contrôle.** Cela te permettra également de déterminer sa vitesse de croisière en mètres par seconde, qui n'est autre que la vitesse du son.

En arrivant sur Alibani, Illa Hôra, Phémi, Crudus et Rotator ont repris leur apparence de sorciers.

– Tant pis pour le congrés sur la planète Singulus, ont-ils conclu. L'essentiel est d'être de retour chez nous !
Quant à Célest'Apple, elle a été emmenée dans les ateliers de réparation.

Ce matin, maître Agôgos t'a fait appeler dans le Bocal pour te demander des renseignements sur le phénomène dont tout le monde parle sur Alibani : le sourire. Après avoir écouté tes explications, le chef des sorciers te dit:

– Luna, je te remercie. Tu as fait preuve d'ingéniosité, tu t'es montrée courageuse, et tu nous as rapporté de la Terre une chose précieuse qui, j'en suis sûr, gagnera le cœur de tous les sorciers d'Alibani.

JOVIAL

NIAIS

Pour te récompenser, je te remets ton diplôme de hautes études de sorcellerie. Et puis... je te nomme directrice de l'École du Sourire d'Alibani, dont tu seras le premier professeur !

Au comble de l'émotion, tu le remercies et lui proposes d'être ton premier élève.

— Avec joie, Luna, répond le vieil homme.

Alors, grâce à ta fonction « rétroprojecteur », tu fais apparaître sur le mur cinq visages souriants. **Le chef des sorciers possède cinq étiquettes qu'il va devoir placer sous les images sans se tromper.** Tu vis là un moment important, Luna ! Ainsi commence ta longue carrière de professeur dans la seule et unique « École du Sourire » de l'univers !

TRISTE
CRISPÉ   MOQUEUR

 **Solutions**

p. 4-5 : Le collier de chien est sur la table de chevet, les deux bagues-choux sont sur le bureau, le bracelet-croco traîne par terre, le diadème est sur une étagère, la cape s'étale sur le lit, et la baguette maléfique côtoie le vélo d'appartement.

p. 6-7 : Les transformations indiquant la joie d'Illa Hôra sont : la baguette magique, le collier de perles, les bagues-fleurs, le bracelet-papillon, et le diadème capteur d'ondes fleuri.

p. 8-9 : L'objet le plus laid que Luna pourrait métamorphoser est le crapaud en céramique posé sur l'étagère.

p. 10-11 : Les mots cachés forment la phrase suivante :
«Vous avez oublié le carburant, les réservoirs sont vides».
Les trois chapeaux de Crudus sont : une casquette, un casque et une toque. Ses trois fonctions au sein de l'équipage sont donc : co-pilote, garde et cuisinier.

p. 12-13 : Illa Hôra a retrouvé tous les éléments des pages 4 et 5. Il y a douze canons braqués sur Célest'apple.

p. 14-15 : Les pastilles de concentré de forces vives et magiques ont le même diamètre que les trous dans la carlingue. Luna doit se servir de ces pastilles pour boucher les trous.

p. 16-17 : Les réserves cachées par Crudus sont : trois baguettes de pain, un chapelet de saucisses, une saucisse sèche, des fruits, et lègumes, des boîtes de sardines avec les ouvre-boîtes, deux sucettes, deux petits gâteaux et un gros.

p. 18-19 : Le tableau de bord indique le nombre de voyelles manquantes dans le texte.
Le message est : « Alors, les as du volant, vous souvenez-vous du mot magique que le maître Agôgos vous a donné avant le départ. »

p. 22-23 : Les cheveux d'Illa Hôra étaient blond doré et ils sont devenus roses.
Sur l'ordinateur de poche, il faut lire : « Agôgos ne vous félicite pas ! Les hommes préhistoriques ne pourront pas vous aider à réparer la Pomme, ils ne savent même pas faire du feu.
PS : Le mot clef..... perdu..... est.....»

p. 24-25 : Le diagnostic de Rotator est sans appel : « Le moteur de la Pomme est en très mauvais état. Il y a trois pièces à changer. Pour la carlingue, rien de grave, j'en fais mon affaire, et le carburant aussi. »

p. 26-27 : La chose inconnue que Luna peut voir sur le visage des hommes préhistoriques est le RIRE !

p. 28-29 : En dehors des cinq femmes et enfants totalement relookés, situés au premier plan, certains autres présentent de petits changements :
Sur la page de gauche : diadème, bague, boucles d'oreilles

et lunettes de soleil.

Sur la page de droite : sac à main, bottines, cartable et blouson.

p. 30-31 : L'indice est le FAON couché au pied de l'arbre. Le message de la Pomme : « Sans haine », veut dire : sans N. Si on enlève N de FAON, il reste FAO. C'est le mot magique donné par Agôgos avant le départ !

p. 32-33 : Il faut récupérer de la paille et des brindilles. De son côté, la Pomme a laissé échapper une boîte d'allumettes.

p. 34-35 : Il doit rester la petite planche et la baguette de bois. Pour faire du feu avec ces deux éléments, il faut provoquer un frottement entre la planche et la baguette en faisant rouler cette dernière entre ses mains, afin de produire une étincelle et enflammer la paille.

p. 36-37 : Il y a sept mains peintes en positif et cinq en négatif.

p. 38-39 : La solution de la charade est : sel − est − a − peu − L , qui veut dire : « Célest'apple ».

p. 40-41 : Le nombre à trouver dans la quatrième pomme est 141, le total de chaque pomme devant être 343. La Pomme se déplace donc à la vitesse de 343 mètres/seconde, ce qui correspond à la vitesse du son.

p. 42-43 : En partant de la gauche, on trouve dans l'ordre les sourires : niais, moqueur, jovial, triste et, pour finir, crispé.

Titres déjà parus

Pour retrouver toute l'actualité d'Annie Pietri, va sur le site www.anniepietri.com

© Bayard Éditions Jeunesse, 2004
3, rue Bayard, 75008 Paris

Dépôt légal : septembre 2004
Loi 49 956 du 16 juillet 1949 sur les publications destinées à la jeunesse
Reproduction, même partielle, interdite
Imprimé en France par Oberthur Graphique, 35000 Rennes